シーラカンスの砂時計

乾 佐伎　句集

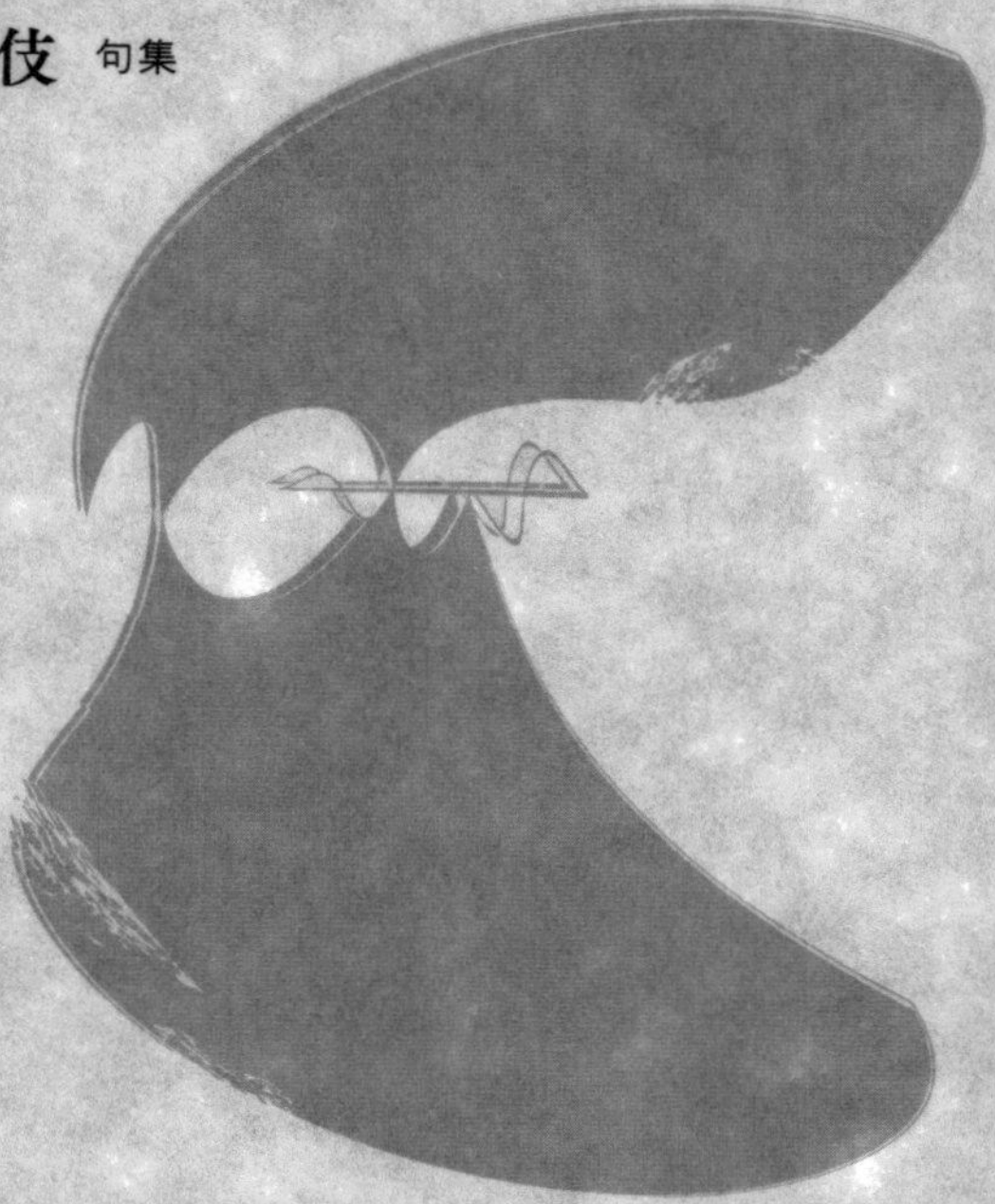

Saki Inui
2019,8 ～ 2023,9

砂子屋書房

*目次

句集　シーラカンスの砂時計

装本・倉本　修

ジャングルジムの風

希望とはジャングルジムの中の風
シーラカンスＤＮＡに近未来

ほどほどは嫌なんですと独楽回る

シーラカンス象形文字に紛れ込む

雷がああでもこうでもないと鳴る

毎日が楽しいレタスは水はじく

光る訳知るため光るオリオン座

新しい朝　ねこはしっぽで呼ぶ

振り向けど前を向けども風の中
春を向くシーラカンスの羅針盤

回転木馬　はぐれないように光る
シーラカンス大海原に星を撒く

薔薇苑の奥に開けてはならぬ箱
ほほえみは七色プリンアラモード

あの雲の上まで届けトランポリン

ごきげんよう　一番星が光る

約束はしないみぞれが雨になる

シーラカンス星座をひとつ傾ける

ぬかるみの中で未来がなお光る
そよ風にえくぼポピーの花揺れる

ドロップの何色ですかさよならは
本当はわがままなだけ薔薇が咲く

シーラカンス夢の中から出られない
ため息とさらば輝くオリオン座

カリヨンの最後の音が雨を呼ぶ

図書館にシーラカンスと風ひそむ

はじめまして　雪片が輝く
ラ・フランス強く香って雨上がる

走るビー玉

幸せはときどき怖いチューリップ
シーラカンス泳げば星が目を覚ます

薔薇の苑ロミオの闇にジュリエット
シーラカンスあなたの海に守られて

口笛を吹いて晩夏の雲を呼ぶ

冬薔薇ジェラシーならば得意です

ラガーマン互いの空を奪い合う
母さんと呼ばれてみたいそよ風に

シーラカンス海には海の出会いあり

麦の秋ひかりの針を見落とさず

負けん気を相棒にして独楽まわる

シーラカンス幸せ呼べば雨になる

五月の夜ガラス細工の馬走る
色のないシーラカンスの世界地図

ため息の国をチルチルミチル去る
見える星も見えない星も復活祭

漂ってみたい紅茶の香になって
シーラカンス秘密を言うから目を閉じて

早春の汽笛と風がもつれ合う
冬ざれの森にひかりが迷い込む

わたしからわたしへ手紙星月夜

ひたむきに走っていますビー玉が

葉を重ね合わせてレタスは夢守る
代わりなどいない輝くオリオンに

シーラカンスわたしの中のＤＮＡ
後戻りできずに雲は透き通る

永遠を追ってすみれの野の中へ
シーラカンス光は君をなくさない

優しさは檸檬のような楕円形
ほほえみは奔放グラジオラス咲く

夜の海シーラカンスは星のもの
きっとあるミモザの揺れる楽園は

シーラカンスゆっくり友になればいい

シーラカンス百年経てば虹かかる

一番に笑ってほしいチューリップ

鏡

夜更けの鏡からハミング
叱られて　姿見の中へ

見られてる　卓上鏡の中から

磨いた鏡に祈る

風が吹く　合わせ鏡の中から

ミラーボール　ため息を照らす

眼鏡橋を雲が通る
ステンドグラスからさえずり

勇気　望遠鏡で探す
夕暮れの鏡から紅茶の香

光る　泥だんごのプライド
ライバルは　手鏡に

嘘が下手　万華鏡は
蝉しぐれ　カーブミラーの中へ

満月　傷跡もいっしょに輝く

ミュージアム

一筋のひかり乱れるミュージアム
万華鏡まわして太古の空さがす

シーラカンス海底都市へ細い虹

波の音ピカソの中へまた消える

あこがれるだけでは嫌だ白い雲
ヒロインは迷わずわたし菫咲く

聖母像ブーケのように風を抱く
夕日だけシーラカンスの目は映す

雲のこと話してみたいゴッホとも
みずうみはさみしい水を湛えても

冬館星が訪ねてきても留守

雨音が聞こえてきそう琥珀から

満天の星をくださいカンバスに
永遠を隠して雪の野は光る

今だけが確かにあって薔薇を抱く

耳元に夕焼け飾る　魔女

雪片のひとつはわたしパリに降る
シーラカンス円周率ときっと友

しゃぼん玉の中には音が消えた街
月光は届いていますエデンにも

わたしはパレット海にも空にもなれる
永遠をシーラカンスは友とする

仰ぐ空あって幸せチューリップ
拭き掃除一分一日中笑顔

落日をシーラカンスは揺らめかす
ほほえみは明日への切符白い雲

シーラカンスの砂時計

ぼくは誰？　水平線はただ光る

二つの水滴たやすくは打ち解けない

スイートピー白さは闇に奪われず
昼と夜をホットミルクの膜へだつ

返事ならお構いなくと薔薇香る

泣くぼくを見ているぼくと花菜畑

消えてなおサイダーの泡空めざす

ほほえみのふるさとはここ桜草

あの雲の彼方を目指せフリスビー
心にも地平があって手を伸ばす

木下闇ゴッホの風とすれ違う
雲呼んでコスモスの花白く咲く

のんびりと入道雲は育ちたい
風船は昨日を振り返らずに飛ぶ

シーラカンス海より深い夢の中
シーラカンス泳ぐ泉に底はない

ジグソーパズルひとつの雨音が埋める
どうしても越えねばならぬ白い雲

みんなどこにもいない花菜畑

砂のないシーラカンスの砂時計

早朝の散歩はらぺこあおむしと

さよならを眺めています雲だけが

流星群シーラカンスに会いにゆく
一輪のネモフィラが空より遠い

日没の音を飲み込むシーラカンス

チューリップぼくの最初の友はぼく

日は西にシーラカンスはまた夢へ

空飛ぶ絨毯

雲よりふかふかの空飛ぶ絨毯が欲しい
空飛ぶ絨毯はひかりの粒よりも軽い

空飛ぶ絨毯空飛ぶトナカイとすれ違う

空飛ぶ絨毯台風去るを待つことも

空飛ぶ絨毯飛ぶことがただ好きなだけ

空飛ぶ絨毯知らずに誰かの夢乗せる

空飛ぶ絨毯水平線でひとやすみ

空飛ぶ絨毯見えない染みがひとつある

空飛ぶ絨毯追いつくたびに見失う

空飛ぶ絨毯一番星に会いにゆく

紫陽花のように色変え空飛ぶ絨毯
空飛ぶ絨毯飼い慣らされて遊園地

花びらを一枚乗せて空飛ぶ絨毯
空飛ぶ絨毯逆風とよき友になる

空飛ぶ絨毯モップになって部屋の隅

東京

真夏のお日さま　愛されたいと輝く
すれ違うシーラカンスは憂鬱と

心にも隠れていそうこがらしは
シーラカンス東京をうまく泳げない

カーテンが揺れる明日を疑わず
手のひらに包んでみたい白雲を

おひとりが楽なんですと薔薇香る
幸せに木馬もいつかたどり着く

少しだけ虚しいですと薔薇揺れる

夕焼けはシーラカンスの忘れ物

金魚ちょうちん風の中から出られない
教室を泳いでいるかもシーラカンス

雨音が応えるイルミネーションに
お飾りの寂しさ少しさくらんぼ

星ひとつ帰るプラネタリウムから
サンタ来る時計の中の街を出て

星よりもシーラカンスが遠い夜
かごめかごめ春夕焼けを身に纏え

海ひとつ隔てて窓にヒヤシンス

ときめきも仲間に入れて鼓笛隊

金魚ちょうちん揺らげばここは水の中

春星はシーラカンスのため息か

小鳥来る未完で終わる毎日に
うららかや山手線は自己研磨

雨粒の中でひかりが手をつなぐ
満月をシーラカンスは赤くする

独楽回す空の青さに勝つために
ありがとうのかけらを探す万華鏡

大海原の夢をまた見る金魚ちょうちん

五月来るシーラカンスの沈黙に

なんの音？　一番星が光る音

台風来るシーラカンスが呟けば

見下ろしてみたい輝くオリオンを
東京をシーラカンスは雪にする

羽根一枚落ちる天使のはしごから

シーラカンスはまた眠る

ゴッホにも近付けるはず自転車で
後悔はしないダリアの花揺れる

友ならば沢山いますクレヨンは
シーラカンス楽園をまだ隠してる

それぞれの幸せ風とカーテンに
転がってみたい小石は明日へと

一滴は未来のしずくシャンパーニュ
雲にさえ祈っていますす車窓から

雨音をシーラカンスは懐かしむ
優しくはなれないですと薔薇香る

飴ひとつ貰う未来のわたしから
天性のほほえみ上手チューリップ

水沫になっても泳ぐシーラカンス
遠くても隣にいますオリオン座

グラジオラス拙いけれど笑顔です
シーラカンス水平線を輝かす

永遠はどこかにあって風が住む

夏の蝶風とはぐれてからも飛ぶ

ハロウィーン風の国から風のうた
もう消えた雲にも春を届けたい

日向ぼこカラマーゾフの兄弟と

ひとりではないから平気お星さま

今わたし幸せですと独楽まわる
洞窟の壁画にいるはずシーラカンス

向かうところ敵なし冬の昴には
まず今日を愛せるようにミモザ咲く

お元気で　灯台が輝く

シーラカンス海の底には空がある

たくさんの思い出が好き切り株は
一本の葦　歌える限り歌う

ありがとうは尽きないお日さまが沈む
虹架けてシーラカンスはまた眠る

跋

内藤　明

乾さんの句集『シーラカンスの砂時計』の中には、たくさんのシーラカンスが泳いでいる。その数は四〇を優に越える。「シーラカンス」はデボン紀に世界の水域に生息していた魚類である。六五〇〇万年以前に絶滅したと思われていたが、一九三八年に南アフリカで現生種が発見された。その後各地で現生種が見つかったが、その現生種と化石種とその間にはあまり差異がないという。奇妙な形態はどこかユーモラスで、まさしく「生きている化石」だが、その「シーラカンス」への作者の偏愛は半端なものではなく、さまざまにとらえられて句に据えられている。

シーラカンスＤＮＡに近未来
春を向くシーラカンスの羅針盤
シーラカンス星座をひとつ傾ける

一句目、長い間変わることなく継承されてきた遺伝情報をもつシーラカンスの時間と、今日の人間の尺度としての「近未来」が、クロスする。不安定な「に」が謎をかけているかのようだ。二句目は、海を渡る鯨のような船を思わせ、「春を向く」に「シーラカンス」への期待が込められている。、三句目の「シーラカンス」には神秘的な力が備わっている。海中の「シーラカンス」がもたらす天上の「星座」への働きかけがダイナミックである。

シーラカンス秘密を言うから目を閉じて

シーラカンス東京をうまく泳げない
虹架けてシーラカンスはまた眠る

一方、こちらのシーラカンスは作者の隣にいて、作者が心を打ち明ける友人でもあるかのようだ。また次の句では、どこか生きがたくある作者の分身として「シーラカンス」がいる。そして最後の「シーラカンス」はメルヘン的な趣をもって、この句集を静かに閉じている。

人間の季節や現実を超越したシーラカンスを想像し、それに語りかけるようにして作られる句の姿は、出来上がった俳句としてはやや単調だが、句作を通して自らの感情や思想を形にしようとする若い作者の特徴がよく現れている。口語をベースとして、俳句的手法を離れ、季語の制約もなく作られている乾さんの一行の詩は、どこか短歌的な一人称的な抒情を思わせる。しかしまた、そこにはどこか俳句的な、啓示的、飛躍的なものもうかがえる。乾さんにとって、「シーラカンス」は、自らの生と世界認識の指標であり、伝統詩として現代という時代をさまよう俳句そのものなのかも知れない。
私は、俳句の門外漢である。乾さんは十年ほどまえ、大学の私のゼミナール「日本文化研究」の学生であり、地方自治体の文化政策ということをテーマに卒論を出された。私が短歌を作っていることもあり、四年ほど前に前句集『未来一滴』を頂戴したが、その句集は季語をベースにおきながらも、若い生活感覚や感情が表現されていてとても新鮮であった。この『シーラカンスの砂時計』にも、そういった性格や傾向はよく表れている。

希望とはジャングルジムの風の中
毎日が楽しいレタスは水はじく
ひたむきに走っていますビー玉が
飴ひとつ貰う未来のわたしから

ヒロインは迷わずわたし菫咲く

独楽回す空の青さに勝つために

心にも地平があって手を伸ばす

とても分かりやすく、ストレートに思いが述べられている。日常のさまざまな物が効果的に取り込まれているところは俳句的ともいえるが、それは季語的な美意識とは一線を画しており、そこに私の思いや姿が投影されている。どこかに虚無感やナルシズムを秘めながら、一句一句が向日的に仕立てられて心地よく広がる。

こういった句がありながら、しかしこの集では心の陰りや不安を感じさせる句もは少なからず見られる。

みんなどどこにもいない花菜畑

幸せはときどき怖いチューリップ
ラガーマン互いの空を奪い合う
後戻りできずに雲は透き通る
うららかや山手線は自己研磨
空飛ぶ絨毯飼い慣らされて遊園地
耳元に夕焼け飾る　魔女

自己と他者を見つめながら、どうしようもない現実に触れて揺れ動く心。一言には言えないが、ここには青春後期ともいうべき作者の現在があるとともに、『未来一滴』から脱皮しようとする葛藤もあるのだろう。

そしてその葛藤や内省は、俳句という形自体を乗り越えようとする試みとしても現れている。

叱られて　姿見の中へ
見られてる　卓上鏡の中から
磨いた鏡に祈る

「鏡」と題された一連の中の三句である。一句一句が自立して成功しているか疑問は残るが、より短い詩へ収斂しようとしている。読者は切り削がれたものを膨らませながら場を再構成して、そこにある世界が屈折しながら広がる。また次の句などは、分かりやすく二部構成を展開して、この句集にアクセントを付けている。

光る　泥だんごのプライド
満月　傷跡もいっしょに輝く
一本の葦　歌える限り歌う

こういった短句は、575の定型の中におかれることにより、俳句として意識されるのかも知れないが、文語定型や季語や二物衝撃などと一線を画したとき、俳句を俳句として成り立たせるものは何なのか、そういったことをも考えさせる。また、短歌や俳句を越えた短詩の新たな可能性ということも広がっていくだろう。

四〇を越える「シーラカンス」の句は、こういったさまざまな問いかけを具体的に示しているともいえる。歳時記という家の本から出て、「シーラカンス」という現在を相対化するような時間と空間の広がりに託しながら、乾さんは今日を生きて句に没頭しているのだろう。第二句集の刊行をよろこび、この集が多くの読者を得て、作者の新たな挑戦の機会となることを祈りたい。

あとがき

第一句集『未来一滴』を上梓してからおよそ四年が経ちました。思えばあの頃は右も左もわからずに句を詠んでいたように思います。その中で私は夢を抱くようになりました。ジョーン・G・ロビンソン著『思い出のマーニー』に、「良きものをしっかりつかめ」という言葉があります。私は、俳句と夢を大切にしたいと考えています。

まだ夢を叶える途中ですが、その過程に数えきれないほどの幸せがありました。たくさんの人が手を差し伸べてくれました。素敵な言葉を教えてくれました。感謝しています。夢を追いかける中で見る空も涙も思い出も、すべてが輝いていることを知りました。私は、毎日が大好きです。

シーラカンスとは二〇一九年八月に沼津港深海水族館で出会いました。展示されていたレプリカではない本物のシーラカンスの冷凍個体の迫力に圧倒されました。帰りの電車の中で夢中になってシーラカンスの句を作り始めたことを覚えています。それから四年、シーラカンスの存在はいつも私を励まし、支えてくれました。永遠に近い時間を深海で泳ぐシーラカンスの存在は、私の心に一筋の光をさしてくれました。私は、これからもシーラカンスと泳ぎ続けます。

私は、俳句が大好きです。これまで俳句を続けられたのは、たくさんの方々の理解や支え、励ましのおかげです。夫や両親、よき友人たちに深く感謝しています。

父の夏石番矢が主導して、母の鎌倉佐弓が補佐する「吟遊」誌や年刊出版『世界俳句』では、国内外問わず素敵な俳句があることに驚き、心を打たれています。

私も素敵な句を詠めるようになりたいです。

銀座のギャラリーSTAGE-1で開催される「歌よみ展」に楽しく参加しています。素敵な展示に加われて光栄です。詩人・俳人の大橋愛由等氏に、「MAROAD」と「蘇鉄俳句会」を紹介していただきました。「MAROAD」が開催される神戸・三宮のスペイン料理店「カルメン」は、私にとって大切な場所です。「蘇鉄俳句会」の作品は、南海日日新聞の「なんかい文芸」に掲載されています。皆様に追い付きたい一心で「蘇鉄俳句会」を頑張れています。

早稲田大学時代のゼミナールの恩師である内藤明先生から身に余る跋文をいただきました。内藤先生、ありがとうございます。

あこがれの砂子屋書房から句集を上梓できて心から嬉しいです。特に代表の田村雅之氏、装本を担当してくださった倉本修氏に感謝しています。皆様、これからもどうかよろしくお願いいたします。


この句集は、二〇一九年八月から二〇二三年九月までに作った二一三句を選んで一冊にしました。皆様に支えられながら四年間で作った二一三句です。いま、この四年間のたくさんの思い出が私の心の中で輝いています。かけがえのない日々にありがとう。第二句集『シーラカンスの砂時計』を上梓できて嬉しいです。皆様、心より感謝申し上げます。

二〇二三年十月

乾　佐伎

著者略歴

乾　佐伎（いぬい・さき）

一九九〇年、東京都板橋区に生まれる。早稲田大学社会科学部卒。
小学生の頃に初めての作句、二十七歳のとき俳句を続けたいと思うようになる。
「吟遊」同人。世界俳句協会会員。
「歌よみ展」、「MAROAD」、「蘇鉄俳句会」に参加。
第三回世界俳句協会俳句コンテスト第二位（二〇一九年）
〔著書〕第一句集『未来一滴』（コールサック社、二〇一九年）

シーラカンスの砂時計

二〇二三年十二月十九日初版発行

著　者　乾　佐伎

発行者　田村雅之

発行所　砂子屋書房

東京都千代田区内神田三―四―七（〒一〇一―〇〇四七）

電話　〇三―三二五六―四七〇八　振替　〇〇一三〇―二―九七六三一

URL　http://www.sunagoya.com

印　刷　長野印刷商工株式会社

製　本　渋谷文泉閣